あなたは読まないで

ポエムストーリー　嫁ぐ日のラブレター

藤谷喜美子
Fujiya Kimiko

文芸社

消してしまいたいページがある
でも　過去を消し去ることはできない
あなたの優しい心
また　傷つけてしまうかもしれない
だから

あなたは読まないで

もくじ

十六歳の恋　7

席／もう知っていますか／会話
あした天気に／立入禁止／あの人
目／雨の中を／冷たい海／夢の中で
砂の上に／私の風船／覚えていますか
今度だけは／明日は

オフィスの片想い　35

オフィスで／想い／さがしものは
それだけ／待っていたい／流れ星になって

慰安旅行／そっと隠れて／紅茶／エプロン
噂話／少しだけ／わかっているから
助手席／そっと後ろから

ガードレールの恋人　63

言えなくなって／壊された鍵／ひとりで
なぜ／帰れない／唇／平気な顔して
夏が来る前に／日めくりのカレンダー
ドラマの続きは／家庭／彼女からの電話
砕けていく／あの日／素直になりたい

嫁ぐ日のラブレター　93

郵便局の窓口で／プロポーズ／ラーメンの話
加賀温泉駅／雨あがりの午後／夜汽車

ずっと恋していたいから／優しさにつつまれて
わかるはずもないのに Ⅰ／わかるはずもないのに Ⅱ
とてもとても／十年の月日／彼と貴方と
プレゼントタイム／画集／タイムリミット
カレーライス／知らんふりのプレゼント
足羽川の堤／白山／海が見たくなって
背番号／一人暮らし／山道／電話
今頃になって／ドカ雪／メール
着信メモリー／速達便のラブレター

あとがき 154

十六歳の恋

私の心は　ときめいていた
その想いが　やがて
切ないものに　かわっていくことなど
気づくはずもなく
一人の少年に恋をした

私は　十六歳
少年は　クラスメート

席

「おはよう」って言いたいけれど
「さよなら」って言いたいけれど
七つも席が離れていては
どうしても言えません
でも　ほんとうは
あなたの席が隣でも
きっと　言えません

もう知っていますか

あなたの住所が　わかりました
あなたの電話番号も　わかりました
あなたの生年月日も　わかりました

あなたは　もう知っていますか
私の名まえ

会話

話してみたい　ひとことでいい
ある日　少女は思い切って声をかけた
少年は答えてくれた
ひとこと……

願いは叶ったのに　なぜ
少女の瞳に　たまっている涙は

声をかけなければよかった
あの日　声さえかけなければ
少女は今も
少年との会話を夢みることができたのに

あした天気に

「おはよう」と　なぜ言えないのでしょう
それが言えないために
その日は必ず　私の心に
雨雲が入り込んでしまうのです

「おはよう」と　なぜ言ってくれないのでしょう
そのひとことが聞けたなら
その日がたとえ雨の日でも
私の心は　青空になるのです

あした天気になあれ

立入禁止

気がつくと見つめているのです
薄緑の小さな葉いっぱいの　あの木を
そして風になって
そっと　この窓辺まで
あの葉を飛ばしてみたくなるのです

いつのまにか探しているのです
薄茶の小さな枝いっぱいの　あの木を
そして鳥になって
そっと　あの小枝の先に
止まってみたくなるのです

あの木は　あなた
そして
わたしは　風　鳥　私

いつか　あの木の下
木洩れ日の中で
私は　あなたのために
図書室で見つけた　詩集『たそがれ』*を開く

だから　その日まで
あの木の下に立て札を立てよう
「立入禁止」

＊　定道明（作家・詩人）詩集

あの人

あなたが　あの人と
楽しそうに話していたから
私はひとりで本を読んでいたのに
そのあと急に
私に話しかけるから
心が揺れるのです

あなたが　あの人を
映画に誘っていたから
私はそっと側を通ったのに
その時優しく
私に微笑みかけるから

心が揺れるのです

あなたと　あの人を
皆がひやかすから
私は悲しいけれど
その時あなたは
黙っているから
私の心が揺れるのです

でも
あなたは　あの人を
好きなのですね

目

あなたの目
知っていますか
時々とても
優しく感じられることを
その目が他の人に向けられると
やきもちをやきたくなります
ほんとうです
とても優しい目なのですから

でも
知っていますか
時々とても

恐く感じられることを
授業中ふと合った目が
私が悪いことでもしていたように
ほんとうです
とても恐く感じたのですから

雨の中を

雨の中を
傘をささずに
ちょっぴり肩をすくませて
ひとりで歩くのが好き
何処からか　あなたが現れて
そっと傘を差しかけてくれる
そんなことを夢みながら
ひとりで雨の中を歩くのが好き

雨の中を
あなたのシャツと同じ
オレンジ色の傘をさして

ひとりで歩くのが好き
後ろから　あなたが駆けてきて
「入れてくれよ」って
そんなことを夢みながら
ひとりで雨の中を歩くのが好き

冷たい海

悪いことなど　私
何もしていないのに
なぜですか

私を好きになってくださいと
困らせてなどいないのに
なぜですか

遠くから　あなたを
ただ見つめているだけなのに
なぜですか

教えてください
私のどこが　いけないのですか
九月の海って
もう　そんなに
冷たいのですか

夢の中で

ほんとうは嬉しかったのです
でも　恥ずかしかったから
黙って　うつむいてしまったのです

聞こえなかったんじゃないのです
ただ　幸せすぎたから
答えることができなかったのです

そのまま二人でいたら
涙がこぼれそうだったから
思わず駆け出してしまったのに
気がついた時

あなたの腕の中で
私の肩が震えていたのです
…………
夢の中で
…………

砂の上に

私の心の中
誰にも覗かれたくないけれど
「私の好きになった人はね……」って
あなたのこと
誰かに自慢したくて
友と出かけた
鷹巣の海

誰もいない
一月の砂の上に
あなたと私の名まえ
大きく書いて

そのまま消さずに
帰ってきた

私の風船

高校二年になってから
少しずつ　ふくらんで
いつのまにか大きくなってた
私の風船
今も大切に持っているけど
もうすぐ　卒業と同時に
パーンと割れてしまったら
私……どうしよう

覚えていますか

高校二年の七月七日のこと
覚えていますか
あなたが初めて話しかけてくれた日
落ち着きのない心で
やっと返せた言葉
今でも覚えています

十月十六日のこと
覚えていますか
物理の実験で同じ班になった時
あなたのすぐ前で
ビーカーを持つ私の手が震えていたこと

今でも覚えています

十一月一日のこと
覚えていますか
高原の夜のフォークダンス
あの日ほんとうに嬉しくて
涙でいつまでも眠れなかったこと
今でも覚えています

二月二十一日のこと
知っていますか
初めて見るテニスの試合
応援に行った私の目に
あの日のあなたの姿
今でも焼きついています

高校三年の七月十七日のこと
覚えていますか
北信越大会に発つ日
今度は応援に行けないと
ひとり校門でバスを見送ったこと
今でも覚えています

九月九日のこと
覚えていますか
下校の時すれちがって
あなたが笑顔で「さよなら」と
そのあといつまでも
私の心が弾んでいたこと
あなた知っていますか

今度だけは

あなたの誕生日にも
クリスマスイブにも
バレンタインデーにだって
いつだってプレゼントしたかった
みんながするように　私も
でも
そんな勇気　あるはずなくて

今度だけは
卒業式の日だけは
受け取ってもらえるでしょうか

明日は

足羽山の木々
ところどころに雪が白く光ります
でも三月の雪
明日にはきっと　消えるでしょう

足羽山の木々
ところどころが涙で青く光ります
今日は三月七日
明日はもう　さようなら

卒業の日
私は想いをいっぱい綴った詩集を彼に手渡し
さよならを言った
彼はその詩集を読んで
私の想いに初めて気づき驚いたのだという
私はそのことをずっと後になって知った

そして
ＯＬになった私を
素敵な人との出会いが待っていた

オフィスの片想い

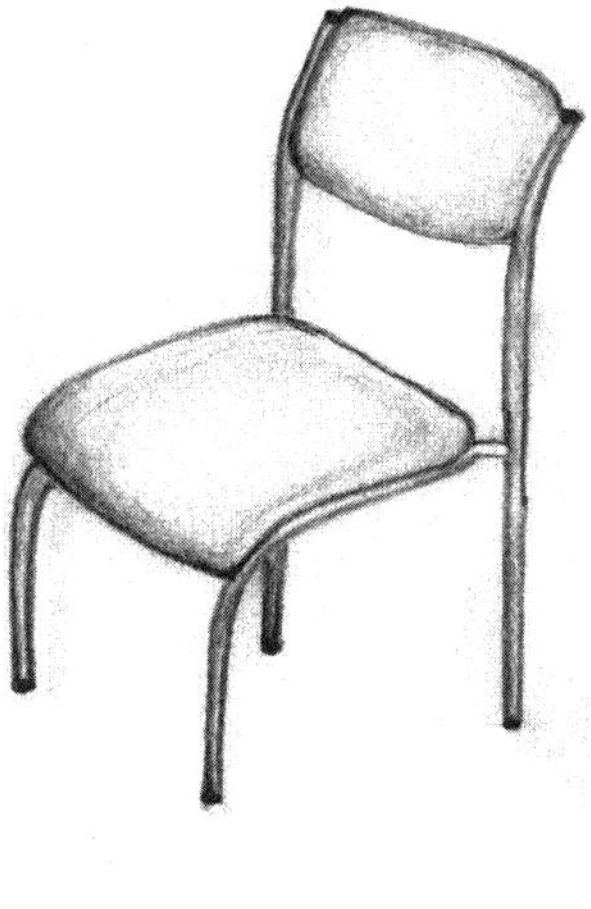

オフィスで出会った彼
きっとまた片想いで終わる
そんな恋の予感
想いを打ち明けようなんて思わなかった

さりげなく　傍に行って
さりげなく　おしゃべりをして
そんな毎日を壊したくなかったから
彼のことを
ずっと想っていたかったから

オフィスで

ほんのちょっと
気になっただけだったのに
いつからだろう
こんなに好きになってしまったのは

あなたのタバコ
私が買いに行った時から?
私のチョコレート
あなたが食べた時から?

皆があなたのこと

いい人だと言うから？
そうかもしれない
そんな時は
いつだって嬉しかったから

オフィスで初めて出会った時
ほんのちょっと
気になっただけだったのに
いつのまにか
こんなに好きになってた
あなたのことを

想い

「好きです」
なんて言えません
わかっているから
恐いのです
この小さな手
いっぱいになった想いが
やがて少しずつ
こぼれはじめても
私には言えません
「好きです」　なんて

さがしものは

さがしものは……

そっと目をとじたら
くわえ煙草のあなた
何をさがしているのですか

目をあけると私はひとり

今とても
あなたに逢いたくて
さがしものを
さがしています

それだけ

「毎日会えるんです」

「それだけ？」

「時々　目と目が合います」

「それだけ？」

「時々　話しかけてくれます」

「それだけ？」

「それだけです」
「それだけで　今は幸せ」
「だから
今日も一人で歩いています
やっと少し暖かくなった　四月の舗道を」

待っていたい

誰もいない喫茶店で
私　あなたを待っていたい
コーヒーカップが　からになっても
ひとりで音楽　聴きながら
ハイライトのタバコを買って
いつまでも
あなたを待っていたい

昼下がりの公園で
私　あなたを待っていたい
きれいなベンチ　見つけたら
ひとりで本でも　読みながら

あなたの好きなチューインガム
バッグいっぱい詰め込んで
いつまでも
あなたを待っていたい

待ちくたびれて
眠ってしまってもいいんです
夢の中で
あなたに逢えたら

流れ星になって

夜空に光り輝く星の中に
あの星を見つけることは簡単です
でも
あの星は
暗闇の中で見つめている
小さな私など
わかるはずもなくて

いつか
流れ星になって
私のところへと
願いをかけて待っているけど

もし
知らないうちに
流れて消えてしまったら
どうしたらいいの

慰安旅行

コバルトブルーの沼のほとりを歩いた時
あなたと肩を並べて歩けたらと
いいえ
あの時撮った記念写真に
せめて　あなたと並びたかったと
ほんのちょっと思ってみただけ

夜の宿の宴会で
あなたの傍に座れたらと
いいえ
あの時唄ったあの唄に
せめて　あなたの手拍子聴けたらと

ほんのちょっと思ってみただけ
淋しくなんかないと
九月の磐梯山に
ほんのちょっと見栄を張って
帰ってきました

そっと隠れて

好きだから　見ていたい
あなたのこと
でも　くやしいから
そっと遠くから見ているの

好きだから　気になるの
あなたのこと
でも　くやしいから
いつも知らないふりをしているの

好きだから　ついて行きたい
あなたに

気づかれないように　そっと
邪魔しないように　そっと
いつかあなたに呼ばれた時は
すぐに飛んで行けるように
くやしいけれど　私
そっと隠れて
ついて行くの

紅茶

あなたに頼まれて
紅茶をいれました
レモンがなかったので　かわりに
私の想いをこっそり浮かべた

あなたは　そんなこと何も知らずに
「ありがとう」って飲んでくれた

私の想いって
どんな味なの？

エプロン

白いエプロンをあてたら
あなたの前に
背を向けて立つの
あなたが
後ろで結んでくれたなら
キッチンに立って
さて
今日は何を作りましょうか
…………
また　夢みてる

噂話

噂話を聞きました
とても綺麗な人だったから
やっぱりと頷けました
たった一パーセント未満の
私の夢を
今はまだ……
壊さないで……

少しだけ

少し　淋しくなりました
少し　悲しくなりました
少し　苦しくなりました

わかっていたけれど
少しだけ
涙も　こぼれました

わかっているから

黙っていることも苦しくて
私の心　打ち明けようと
真剣に考えました
でも　やっぱり恐いのです
あなたの心　知ることが
そして　その日から
あなたを避けてしまうと
わかっているから

傷つくこと
わかっているから

だから　せめてと
あなたのためにすることも
今は　後悔の毎日です

助手席

昨日の日曜日
ローレルに乗って
ドライブしました
彼はとても優しい人

時々待ち合わせの
セリカの彼は
友達の彼
とても気の合う人

今日は
マークⅡに乗って

突然プロポーズされました
彼はとても真面目な人

あなたのこと
こんなに好きなのに
何やってるんだろう
私

本当は　あなたの
ファミリアの助手席に
座りたくて
しかたないのに
乗せては……
もらえない……

そっと後ろから

あなたが一度だけ
綺麗だと言ってくれた
ちょっと自慢の
私のロングヘアー

それは
あまりに細くて
あまりに真っ直ぐで
そっと後ろから
束ねるように持った
あなたの手のひらを
さらさらと流れた

あの時
あなたの指に
絡まってくれていたら
もう少し長く
幸せでいられたのに……

彼は結婚した
お相手は私の全く知らない人だった
私は今も時折　所用でオフィスを訪ねている
彼はいつ会っても素敵で
そんな彼と夫が一度だけ出会うことになる
でもそれは　ずっと先のこと

そして
このあと私は　とんでもない恋に流されていく
片想いの恋は淋しくて
私は誘われるまま　いろんな人と気軽につきあいを始めた
その中の一人で何故かよく気が合ったのは　友達の彼
私は妹のように　彼と彼女の恋のお節介をやいていた

ガードレールの恋人

兄のように
妹のように
それは二人の
ガードレールだった

二人の心が通い合った時
すでに彼には
フィアンセがいた

彼を信じて
いつまでも
待っていたかったけれど

言えなくなって

あなたのこと
好きにならないようにって
いつも思っていた

でも
あなたのこと
好きになっちゃうんじゃないかって
ずっと感じていた

だって
いつだって
すぐ傍に　あなたがいると

さよならしたくなかったから

今さら
「好きになっちゃった」
なんて言えないし
「彼女と幸せになって」
なんて　なおさら
もう　言えなくなって……

壊された鍵

「妹みたい」って
あなたが最初に言ったから
私は心に鍵をかけた
それなのに
その鍵を壊したのも　あなた

少し　驚いたけれど
どこか自然で
「ごめん　あまり可愛かったから……」
あなたは　そう言ったけれど
私は　何も言えなくて

少し　驚いたけれど
なぜか
わかっていたような
そんな気もして……

ひとりで

夕方の海の道
ひとりで
どこまでも歩いたら
きっと出会うでしょう
真っ赤な夕日に

誰もいないところ
ひとりで
お星さま数えたら
ひとつ流れて消えた
暗闇の中に

冷たい風の中
ひとりで
朝を迎えたら
忘れられるかもしれない
あの日のこと

なぜ

寒いのに
こんなに寒いのに
寒くなんかない　と
冷たい風の中で
いつまでも　あなたと
十二月の海を
眺めていたいのは
なぜ

もう遅いのに
もうこんなに遅いのに
帰りたくない　と

冷たい雨の中を
いつまでも　あなたと
寄り道して
歩いていたいのは
なぜ

帰れない

幸せだったから
私
夢中で駆け出して

気がついた時
知らない所を
歩いてた

帰りたいのに
帰れない
ひとりでは
帰れない

あの道が
わからない
かえりたいのに
かえれない

唇

「好き」
「愛している」
あなたの言葉に　私は
いつだって答えることができない
私の唇が動き始めるのを
いつも　あなたに阻まれて……

そのうちに
私の唇は
本当に言葉を失ってしまう
あなたの唇で
塞がれることなどなくっても

平気な顔して

あなたの言葉を思い出して
信じてるって叫んでみても
何かがいたずら　とても不安で……
ひとりで音楽　聴きながら
平気な顔をしていたけれど

あなたの優しさ思い出して
信じてるって思ってみても
何かがいたずら　とても淋しくて……
あなたからの電話　待っていながら
なぜか外を歩きたかった

夏が来る前に

窓の外　土砂降りの雨
あなたのためなら　この雨の中も
駆け出して行きたいのに
いいえもう考えるのはやめましょう
この雨が止むのを待って
私はひとりで出かけます

アジサイの花　響く稲妻
待てる人なら　この雨の中も
いつまでも待っていたいのに
いいえもう考えるのはやめましょう
この雨が止むのを待って

私はひとりで出かけます
梅雨が明けないうちに
涙を雨に流してしまったら
私はひとりで出かけます

夏が来る前に

日めくりのカレンダー

この梅雨が
明けたら
夏が来ます
その夏も
やがて過ぎ去り

いいえ
何でもないのです

あんなに好きだった
日めくりのカレンダーが
今は見るのが恐くて

ただ
それだけの
ことなのです

ドラマの続きは

昨晩　ホテルのフロントで
あなたの左手のカフスボタン
妙に蒼く光って見えた
あなたは住所と氏名を書き
その横に私の名まえだけを書き添えた
瞬間　彼女の顔と名まえが
私の脳裏をかすめた

このあいだ見たドラマに似ていると思った

朝の日差しは眩しくて
私の長い髪の毛先まで

黒褐色に光って見えた
私が髪を梳かし終えた時
「今度は金沢へ行こうか」と　あなたは言った
「昨日の嵯峨野のように　また腕を組んで歩けるからね」と
ちょっと意地悪く言った　私
あなたは黙ったまま
飲みかけたコーヒーカップを置いた
そのあと
私のストレートヘアーが
少しだけ乱れた
あなたの腕の中で

このあいだ見たドラマの続きは
どうなっていくのだろうと思った

家庭

『HONEY　MOON』
テーブルの上に
パンフレットがあったよ
気づかないふりしていたけれど
彼女を近くに感じたよ

このあいだ来た時は
ステレオの上に
小菊があったよ
枯れかかっていたけれど
なんだか家庭を感じたよ

少しずつ変わっていくね家の中
しかたないよね　もうすぐだもの
「オレは変わらないよ」と
あなたは言うけど……

彼女からの電話

誰も知らない遠い所で
一緒に暮らしたい

あなたは物語の
主人公になっていた

でも
あなたの言葉が
演技ではなかったことを
彼女からの電話で知った
何も知らない彼女は
私に尋ねた

あなたのこと

でも
もしかしたら
何も知らないのは
彼女ではなく
私？

砕けていく

本当に死ぬ気だったの
そうじゃないよね　できなかったもの

弱すぎるよ
そんな　あなた
見たくなかった　知りたくなかった
卑怯だよ
そんな　あなた
信じられない　ついて行けない

砕けていく　私の中で……
弾けていく　私の中から……

あの日

陽の沈みかけた砂浜で
あなたは私のために
きれいな貝殻を
一生懸命　拾い集めてくれました

あの日の　あなたの姿
とても優しくて
瞳に焼きついて　忘れられないのです

夕暮れに閉じる
ハナビシソウの花に
なりたかった日

素直になりたい

今日の私
少しも素直じゃなかった
いいえ　いつだって私
あなたの前では素直じゃなかった
嬉しいのに
知らない顔して
嫌じゃないのに
首振って

でも　今
ひとりになって
淋しくなって

私　気づきました
この涙かわいたら
きっと素直になります
もう……
素直になりたい

私は彼に別れを告げた
そのあと二人は同じことをした
少し違っていたのは
私は金沢の街を歩き
彼は京都まで車で出かけて行ったこと
今さら二人の想い出をたどって
何があると思ったのでしょう

そして
私は夫となる貴方と出会う
でも本当は　もうとっくに出会っていた
あの日　郵便局の窓口で

嫁ぐ日のラブレター

「あの時　声をかけていたら
こんなに遠まわりすることなかったのかな」と
貴方は言った

あの時は思ってもみなかった
貴方が私の
こんなに大切な人になるなんて

郵便局の窓口で

長い髪が印象的で
いつも背筋を伸ばしていて
少し澄ました顔で
それは
私には彼氏がいます
という顔で……

貴方は
あの頃の私を語っている

私が差し出した
何通もの郵便物を

貴方が一通ずつチェックして

あの日
郵便局の窓口で
私は何を思い
何を考えていたのだろう
そして
貴方は何を……

プロポーズ

「いっしょになろう」と
貴方は言った

私は　ひとりで話し始めた
私の欠点ばかり　いくつも　いくつも……
いつまでたっても終わらない私の話を
「まだあるの？」って言いながら
あとは黙って聞いていてくれた
ようやく話し終えた私に

「それで？」と
貴方は尋ねた

ラーメンの話

初めて会った　私の父に
貴方はラーメンの話をした
そのあと
貴方は私に言った
何であんな話　したんだろうって
でも父は
気に入ってくれた
貴方のラーメンの話
そして
貴方のことも

加賀温泉駅

月曜日の早朝　福井駅のホームで　私は貴方を待っていた
出勤前の貴方は　茶色のスーツ姿で現れると　私を見つけて　驚いたように
目を細めて笑った
「金沢までは行けないけど」私がそう言って　一緒に乗り込んだ電車が　動
き出してしまったことに　貴方は少し戸惑い　また目を細めて笑った
空いていた席に　ゆったりと座った私達は　気がねなく　今度の週末の約束
をした
加賀温泉駅　ひとりでホームに降りた私は　貴方を乗せた電車が　見えなく
なるのを待って　改札口を出た
私は　駅員の目を少し気にしながら　次に来る上りの電車の切符を買うと
再び改札口に戻った
やっぱり駅員は笑っている

私は　そ知らぬ顔で腕時計を見た
この電車で戻れば　私の出勤時間には　充分間に合うのだから……

雨あがりの午後

その日は朝から雨降りでした
風も少し吹いてたようです

今日は山へは行けそうにないねと
貴方の部屋の窓から
恨めしそうに外を眺めていた日

どのくらい時は流れたのだろう
ふと気がついた窓の外は
雨もあがり
刈り残された雑草が
滴に光って見えました

あんなに大切にしまっておいたのに
もう少しの間
大切にしまっておくつもりだったのに
気がついた時
貴方の前にころがっていた
それは小さな小さな
珊瑚礁のかけらになって

風が少し吹いてたような
そんな雨あがりの午後のことです

夜汽車

貴方を乗せた夜汽車が
動き出したらすぐに
さよならしよう背を向けて
独り立つプラットホームに
秋の夜風は冷たくて

貴方のいない帰り道
歩きなれた道なのに
なぜだか心細くて
独り歩きの右腕に
貴方の温もり恋しくて

……………

発車のベルに途切れた言葉の続き
手紙に添えて送りましょうか

ずっと恋していたいから

貴方といる時の私が大好きで
今日　貴方に嫁ぎます
泣き虫ではなく　笑顔になれて
嘘つきではなく　素直になれて
そんな私が好きだから
今日　貴方に嫁ぎます

貴方は本当に優しくて
そんな優しさ　ひとりじめしたくて
貴方の心も　ひとりじめしたくて
今日　貴方に嫁ぎます

恋するって
こんなに楽しいことだったのですね
恋するって
こんなに幸せなことだったのですね

ずっと恋していたいから
ずっと幸せでいたいから
私　今日
貴方に嫁ぎます

優しさにつつまれて

言いたくは　なかったけれど
貴方が聞いてくるから
嘘はつけなくて

言いたくは　なかったけれど
過去のことだからと
どこかで言いたがってる私もいて

全部話して……
「それだけよ」と言った私
「そうか……」と言った貴方
少し意地悪も言ったけれど

少し意地悪もしたけれど
あとは　いつもと同じ
貴方の
優しさにつつまれて

わかるはずもないのに Ⅰ

そんなこと
わかるはずもないのに
なぜか貴方も私も　女の子だと決めつけていた
そう願っていた訳でもないけれど
八ヶ月も前から　女の子の名まえをつけて
私達は毎日のように話しかけていた

一九八一年四月二二日　男子誕生

東京に出張中だった貴方は
まだ何もわからない息子に
飛行機のモデルを土産に買って駆けつけてきた

貴方は長男誕生をあまりに喜んで……
私達は　岳　と命名
貴方のように　山が好きになるのかどうだか
そんなこと
わかるはずもないのに

……………………
岳は貴方のような山好きにはならなかった
そしてこの後　十七年も経ってから私達は気づくことになる
この時の飛行機のモデルが岳の夢をずっと語り続けていたことに

わかるはずもないのに　Ⅱ

二年も前に考えていた女の子の名まえを
私達は再び口にするようになった
そんなこと
わかるはずもないのに
なぜか貴方も私も
今度こそ女の子だと確信していた

一九八三年五月二三日　男子誕生

思いがけない二男誕生に
充分の笑みを投げかけると

私達は　充　と命名
「男の子でも充分だという意味じゃないんだよ」
私は話しかけていた
そんなこと
わかるはずもないのに

……………………

そして十三年後　充は男子に生まれたことを思いっきり楽しむようになる
私達が女子誕生にこだわっていたことをまるで見返すかのように

とてもとても

気がつくと膝の上に
小さなお尻
私の手をとって前で組ませる
甘えん坊の小さな手
とてもとても可愛くて

いつのまにかトントンと
疲れた肩に可愛い手
うなだれる私のうなじに
小さな息
さすがお兄ちゃんね
とてもとても優しくて

静かになった夜更けに
ふといい香り
貴方が入れてくれたコーヒーも
コーヒーカップの手のぬくもりも
とてもとても温かくて

十年の月日

嫁ぐ日に持ってきた
ドレッサーの前に立ってみても
五合炊きの電気釜を見ても
十年の月日は感じない
それは
あの頃と少しも変わらない
私のロングヘアーのせい？
貴方の優しさのせい？

でも
まだ手のかかる子供達に
ふと優しくされた時

そんな時覚えるやすらぎは
十年の月日の積み重ねでしょうか

彼と貴方と

「なるほど……」と
貴方は言った
私の好きになりそうな人だった
という意味である

貴方が
かつての私のオフィスを訪ねた日
彼と初めて出会って話した日

「素敵な人だったでしょ」と
なぜか貴方にまで自慢げな私

「俺となんとなくタイプが似ていた」と
貴方は言うけど
それはちょっと疑問符？

彼と貴方と

「なるほど……」と
貴方を頷かせた彼は
きっといつまでも
私の素敵な憧れの人

「なるほど……」と
彼を認めた貴方は
きっといつまでも
私の一番大切な人

プレゼントタイム

月に一度　一時間
土曜日の朝のデートタイム
パッチワークの喫茶店で
いつになく　おしゃべりな貴方
いつになく　言葉少ない私
このひととき
このコーヒータイムは
小学生になった息子達からの
きっと……プレゼントタイム

画集

夕暮れの　金石海岸
波と遊ぶ　我が子達
それを
スケッチしている貴方
見つめている私

いつかずっと以前にも
出会ったような　この光景
そう　あれはまだ
スイートホームを夢見ていた若い頃
いつも心に描いてた
画集の中の　一ページ

タイムリミット

喧嘩をした
他愛もないことである

いつもと少し違うのは
そのまま朝を迎えてしまったこと
澄んだ空気の中で
いいようもなく渇いた空間を
二人して意識する

もうすぐ貴方は玄関に立つ
その時が
私への　タイムリミット

今日も二人　いい日でいたい……
言葉の見つからない私は
貴方が靴を履き終えた時
負ぶさるように全身を委ねた

「じゃあね」と玄関を出た貴方が
いつものところで
今日も振り返ってくれるのを
私は今
身動きもできずに待っている

もうすぐ……
最終……
タイムリミット

カレーライス

夕食の献立に困ると
私はいつも充に尋ねる
「今日は何が食べたい？」
充は決まって
「カレーライス」と答える
大好物なのである
大きな鍋いっぱいのカレーは
炊きたてのご飯と共に
みるみる減っていく
月に三度はそんな日がくる
貴方や岳に
「またカレーライス」

と言われた時の言い訳に
私はいつも充に尋ねる
ご飯を多めに炊き
カレーの材料を揃えて
「今日は何が食べたい?」
充は決まって
「カレーライス」と答えてくれる
でも　時折
「ステーキ」と答え
私を戸惑わせる

知らんふりのプレゼント

今朝
誰も何も言わないことに
私は少しこだわっていた
繁忙期・進級・新入学
それどころではない
そう思いながら
私は少し淋しかった

いつもとかわらない一日の始まり
話題は今日の降水確率
私も洗濯を迷った

夕刻
最初に帰宅するのは私
玄関先のポストに届いてた
私宛の三通のはがき
…………
涙でぼやけて見えた
消印は昨日
貴方と二人の息子からの
今朝からの
知らんふりの
バースデープレゼント

足羽川の堤

ひとり所用で福井へ出かけ
ふと歩いてみたくなった
足羽川の堤は
昔　通いなれた並木道

出会った若いカップルに
二十年前の私が重なって
懐かしい人に出会ったように
心がときめく
あの頃描いていた夢
叶えられたこと　未だ叶わぬこと

ひとり歩きはセンチメンタルになりすぎる
今度は貴方と二人で歩きたい
でも　その時の話題は昔話より
息子達の恋の話がいいな

白山

「今年は　どうしようか?」と貴方に問いかけた
七月一日は　白山の夏山開きなのである

昨年は二人で秋の白山を楽しんでいる
別当出合から砂防新道を経て室堂まで　私達を出迎えてくれたのは　心地よい風と　揺れながらハミングしているお洒落した木々達　雄大な青い空と
それを舞台に　ゆっくりとしたステップでダンスしている白い雲　やがて来る厳寒な冬をまだ感じさせない　やわらかな日差しに包まれた十月の白山は
今も私の瞼に甦る
貴方は小さな石ころを拾った　私のイメージだと言うので　持ち帰って玄関に飾ったのだが　いつ見ても何度見ても　ただの石ころなのである　どこが私のイメージなのか　今年は黒ボコ岩辺りで　貴方のイメージだと言って

ゴッゴッした石ころでも拾ってきて　隣に並べて飾ろうか　少しは私の石ころが引き立って見えるかもしれない

「今年は　八月に山頂まで登ろう」と貴方は答えた
十月の白山も　諦めきれない私だけれど
白山登山は　もう二十回を超える貴方の意見である
八月の山頂には　私のまだ知らない最高の白山が
きっとあるのだろうと思った

海が見たくなって

海が見たくなって　貴方を誘った
すぐ近くに海はあるのに　貴方は貝採りがしたいと　少し遠くまで車を走らせた　シーズン中の海辺なのに　長雨の影響か人影はまばらで　夕暮れの砂浜に　私はひとり座ると　遠くを眺めた
このずっと向こうの遠い海辺を　今　まだ少女だった頃の私が　友と歩いているような　そんな気がした

あの頃　私は海が見たくなると　友達を誘ってバスに乗った　一時間程バスに揺られ　降り立ったバス停の後ろには　小さな駄菓子屋があった　私達はそこで少し買い求めると　藪中の小道を歩き海岸に出た　シーズンオフの海辺には人影も無く　私は砂浜を歩きながら　友と何を語っていたのだろうか
心に秘めた想いを　友にだけそっと打ち明けたのは　あの時だったのかもし

れない
貴方が放った小さな貝が　私の足元に転がり　過去と現在の程ない空間を
一羽のウミネコが舞い下りた
貴方はまだ　貝採りに夢中である　私は貴方が採ったアサリ貝を見つめなが
ら　酒蒸しにしようか味噌汁にしようか迷った

背番号

いつだって
真っ黒に日焼けした
充の顔は
ちょっと自慢
細くても筋トレで鍛えた
ひきしまった身体は
もっと自慢

初めて貰ってきた背番号は16だったね
そして明日の試合では
背番号4
しっかり縫い付けておくから

背番号が見えなくなるくらい
どろんこになって頑張っておいで
ポジションはセカンドだね

一人暮らし

国立駅南口から歩いて十五分
大学の構内に程近いところに
岳のアパートはある
初めての一人暮らしだが
留学費用を貯めるため
あまり外食はしていないと言う
入学が決まってから
慌しく教えた簡単メニューの
繰り返しでもないだろうが
ぎこちない手つきで
台所に立つ息子を想うと
片道六時間の距離は

歯痒いほどに遠い
「チャーハンすごく上手くなったよ」
受話器の向こうの元気な声に
逆に励まされ
帰省の日が決まると
一週間も前から
我が家の冷蔵庫は
岳の好物でいっぱいになる

山道

山を歩く
ゆっくりと時をかけて歩く
若い頃は競うように頂上をめざし
何をあんなに急いでいたのだろう
あり余った時を何に使ったというのだろう

貴方は私に合わせてゆっくりと
私は貴方を気づかいゆっくりと
今の私達は歩くことを楽しんでいる

山道ではいつも
貴方の視線を肌で感じ

それは言いようもなく心地よく
ふと甘えてみたくもなる

いきなり目の前に眺望が開ける
貴方の視線は私から離れ
遠くの山々に釘付けになる
黙ったままの時が流れる
貴方は何を思っているのか
私の入り込めない
貴方だけの時がゆっくりと流れる
私も黙ったままで
貴方の心が再び私に戻ってくるのを
静かに待つ

電話

「じゃあね」
「おやすみ」
話が終わると
私は貴方が
携帯電話を切るのを待ち
貴方は私が
受話器を置くのを待っている
これではいつまでも終わらない
二十年前と同じだと　貴方は笑う

あの頃
貴方はよく　ずるをした

それは私が一度だけ　ずるをした時にわかった
いっしょに切ろうねって
『一、二、三』の合図を
私だけが　いつも守ってた
でも本当にずるかったのは　私
閉ざされた受話器から流れる音は切なくて
貴方の想い　気づかないふりして
いつも先に受話器を置いた

今　ひとり赴任中の貴方は
もう　きっと　ずるはしない
そう思いながら
少し強くなった私は
今　二度目の　ずるをしようとしている

『一、二、三』……

今頃になって

貴方と離れて暮らして
初めて知りました
お風呂の湯が時間と共に
こんなに冷めてしまうことを

いつも遅くなって入る私のために
貴方が温め直してくれていたのですね
今頃になって
そのことに気づくなんて

冷めた湯船の中で
貴方の温かさを

体いっぱいで感じています
週末には待っています
貴方の好きな森林の香りで
お風呂場いっぱいにして……

ドカ雪

ドカ雪である
十五年前のその時は
まだ玩具のスコップで
貴方の真似事をしていた充
今冬は微力な私をかばい
貴方も岳もいない我が家を
しっかり守ってくれた
毎日の部活動で鍛えた身体は
今はもう貴方を超えている
ずっしりと重い雪を
軽々と持ち上げる背に
（手放したくない……）

突如
岳を送り出した時の想いが甦る
（ずっと傍に……）
何か良い術はないものか
まさか
またいつ来るかわからない
ドカ雪を
理由になんて出来やしない

メール

ガク
元気ですか
頑張ってますか
彼女も元気ですか
仲良くしてますか
今年の夏は何処ですか
タイですか
アフリカですか
夢は変わりませんか
実現しそうですか
ＴＯＥＦＬは何点ですか
バイトも頑張ってますか

毎日忙しそうだね
でも
淋しがり屋のお父さんに
たまにはメールしてますか

着信メモリー

午前零時
静まり返った部屋の中で
私の携帯電話がメロディーを奏でた
曲目は貴方の好きな『幸せな結末』
発信は赴任地にいる貴方の携帯番号
「いくつになった?」と　意地悪な問いかけに
「貴方よりは二つも若いんだから」と　答えた
深夜の電話は珍しくないけれど
今日は私のバースデー
零時ちょうどの着信は
私の心を熱くして……

ずうーっと消さずに残しておきたい
私の大切な
着信メモリー
03 30 00:00

速達便のラブレター

たまらなく逢いたくて
週末までは待てなくて

貴方までの八十キロ
車を走らせることはできなくて
夜行列車はタイムアップ
電話なんて
声を聞いたら
よけい逢いたくなりそうで
メールなんて
いつものようには済まされなくて
だから

手紙を書きました
『逢いたくて……』
貴方に宛てた
速達便のラブレター
今
ポストに入れました

今度　生まれ変わっても
また　貴方と　めぐり逢いたい
今　心から　そう思える私

貴方といる時の私が大好きで
貴方の優しさ　ひとりじめしたくて
貴方の心も　ひとりじめしたくて
ずっと恋していたいから
ずっと幸せでいたいから

今度　生まれ変わっても
私　きっと　また
貴方に嫁ぎます

ずっと恋していたいから……

あとがき

十六歳の時、私の通う高校の図書室で一冊の詩集を見つけた。著者名を見て驚いた。私のクラス担任の先生が書かれた詩集であった。私もいつか先生のように出版したい……。その思いから四十年、今、その夢が叶えられることとなった。先生との出会いがなかったら、出版もなかったかもしれない。

作家であり詩人であり、何より私のかけがえのない恩師である定道明先生、そして、この出版に御尽力いただいた文芸社スタッフの皆様には、心より感謝しています。

この書は、そんな私が詩を書き始めたばかりの頃からのもので、恥ずかしくて本にすることに抵抗もあった。でも、その時々、その日々の思いを大切に残しておきたいとの気持ちもあり、私の若き日から現在までの『ポエムストーリー』として一冊の書にまとめた。現在までとはいっても、五年前に書き上げたもので、今回の出版にあたり読み返してみて、いつも夫の温かな心配りがあったからこそ完成することができたと、改めて感じている。

貴方、本当にありがとう。


その後の私について、少し記しておきます。

二人の孫が誕生した。充の長男『匠』と、岳の長女『芽生』である。私は、孫達がいつかこのポエムストーリーを読み、温かな家庭を築いてくれたらと願っている。しかし、匠がこの書を読む日を迎えることは奇跡に近い。匠は生後四ヶ月の頃、難病と診断されたのである。今は家族皆が匠の難病と向き合い、一日も早い難病治療の成功を待ち望みながら、多くの方々の支援のもとで、在宅介護の日々を送っている。

そんな匠のために、最後に一編の詩を書き留めておきたい。

しあわせの種

タックん　バァバの孫に生まれてくれてありがとう
タックんの病気を知った時

家族皆で泣いちゃったよ
でもね　今は皆　笑顔になれたよ
それは　タッくんが皆の心に
しあわせの種を蒔いてくれたから
しあわせの種は少しずつ大きくなって芽を出して
だから皆　笑顔になったんだよ
タッくんが毎日　光をいっぱいくれるから
どんどん大きくなっていくよ
タッくんは大事なことをたくさん教えてくれた
それは　言葉では上手く言えないけれど
人間として　とても大切なこと
タッくんと出会えなかったら
きっといつまでも気がつかなかったこと

タッくん　ごめん
バァバは　やっぱり泣き虫で

また　涙がこぼれてくるよ
でも　すぐに笑顔に戻れるから
悲しくて泣いているんじゃないよ
タッくんがくれた　しあわせの種に
バァバが水をあげたくなっただけ

タッくん
今日もいっぱいの笑顔を
ありがとう

いつかこの書が、匠の手で開かれる日の来ることを信じて……。

二〇一一年　春

著者

著者プロフィール
藤谷 喜美子（ふじや きみこ）
1954年　福井県福井市生まれ
1972年　福井県立福井商業高等学校卒業
石川県金沢市在住

本文イラスト　藤谷　正和

あなたは読まないで ポエムストーリー　嫁ぐ日のラブレター

2011年10月15日　初版第１刷発行

著　者　藤谷 喜美子
発行者　瓜谷 綱延
発行所　株式会社文芸社
〒160-0022　東京都新宿区新宿1－10－1
電話　03-5369-3060（編集）
03-5369-2299（販売）

印刷所　図書印刷株式会社

ISBN978-4-286-10992-3